Onderdanige
Bibliothecaris
en andere verhalen
Erika Sanders

ERIKA SANDERS

Onderdanige Bibliothecaris en andere verhalen

Erika Sanders
Serie
Overheersing en erotische onderwerping

Korte inhoud

Onderdanige Bibliothecaris een roman met een sterk erotisch BDSM-gehalte en, op zijn beurt, een nieuwe roman die behoort tot de Erotic Domination-collectie, een serie romans met een hoog romantisch en erotisch BDSM-gehalte.

(Alle personages zijn 18 jaar of ouder)

Opmerking over de auteur:

Erika Sanders is een bekende internationale schrijfster, vertaald in meer dan twintig talen, die haar meest erotische geschriften, ver van haar gebruikelijke proza, ondertekent met haar meisjesnaam.

Inhoudsopgave:

ONDERDANIGE BIBLIOTHECARIS
EN ANDERE VERHALEN
ERIKA SANDERS

ONDERDANIGE BIBLIOTHECARIS

13

"Mevrouw, zou u zo vriendelijk willen zijn mij te laten zien waar de erotische boeken zijn?" ' zei een mannenstem achter mij.

Ik verstijfde, mijn vingers vastgeklemd op het toetsenbord van mijn computer.

Even sloot ik mijn ogen en slikte.

Ik voelde de lagere spieren in mij aanspannen.

Ik voelde mijn tepels verharden tegen het satijn van mijn beha.

Het waren niet zijn woorden, het waren zijn stem.

Dat is wat hij met mij deed.

Ik bleef naar hem luisteren, zelfs nu hij stil was geworden, en het wekte in mij een verlangen naar de broodnodige verlossing.

Het was erg soepel.

Als witte chocoladetruffels, mijn wondermiddel, dat door mijn keel glijdt.

Diep, net zoals toen ik...

Ik ademde in en liet langzaam mijn adem ontsnappen, mijn vingers krulden nu terwijl ik probeerde mijn evenwicht te bewaren.

'Ik help u graag, meneer.'

Ik slaakte een zachte maar hoorbare zucht en een onmiskenbaar gekreun.

Toen ik me omdraaide, hoorde ik mijn eigen scherpe ademhaling.

Hij stond aan de andere kant van de receptie, met zijn zonnebril nog op en zijn stevige lippen trilden lichtjes.

Ik besefte dat ik wilde glimlachen.

Ik volgde met mijn ogen de lijnen van zijn rode snor en sikje, terwijl mijn tong naar buiten schoot om mijn onderlip te likken, ook al probeerde ik de beweging te weerstaan.

"De erotische boeken, mevrouw?"

Ik sloeg mijn ogen op en stelde me voor welke ideeën er door zijn hoofd gingen.

"Ja meneer, deze kant op."

Ik liep om de toonbank heen, mijn knieën trilden een beetje.

Ik stopte om mijn evenwicht te hervinden en vervloekte mezelf omdat ik vandaag de zwarte hoge hakken droeg.

Het zou een hel zijn om de trap af te gaan naar de benedenverdieping.

Ik voelde de warmte van zijn lichaam achter me terwijl we naar het referentiegedeelte liepen.

Ik hield mijn handen op mijn zij, omdat ik hem wilde bereiken.

Ik wil op mijn rechtmatige plek achter hem staan en mij door hem laten leiden.

Maar ik behield mijn professionele kalmte en begon ons een weg te banen door de schappen met encyclopedieën.

'Dames eerst,' zei hij toen we de ingang bereikten die naar de verdieping eronder leidde.

Ik rolde met mijn ogen, wetende dat hij ze niet kon zien.

Maar een deel van mij wenste dat hij dat wel had gedaan.

Ik onderdrukte een gegiechel, pakte de leuning vast en begon aan de langzame afdaling.

Ik kon een stoute meid zijn wanneer ik maar wilde.

'Was u naar iets speciaals op zoek, meneer?'

'Het gedeelte over erotische romantiek. Ik heb de naam die ik zoek op een vel papier geschreven. Eens kijken of ik het kan vinden.'

We hadden de bodem zonder ongelukken bereikt, hoewel mijn hiel twee keer de rand van de smalle metalen treden had geraakt.

'Nieuw of gebruikt, meneer? De rest van de nieuwe paperbacks worden hier ook opgeslagen. We bewaren ze gewoon een paar maanden boven.'

"Nieuw, beter."

'Dan moeten we deze kant op,' zei ik, terwijl ik linksaf sloeg en door een slecht verlichte gang liep, waarbij mijn hartslag met elke stap hoger werd.

Zijn ademhaling werd zwaarder terwijl hij mij volgde.

Onze schoenen klikten op de keldervloer, het geluid werd gedempt door de boekenplanken om ons heen.

Boven ons zoemde en flikkerde een licht.

Ik heb een mentale notitie gemaakt om de defecte lamp te melden.

"Wat was de naam van het boek?"

'Ik kan mijn aantekening niet vinden. Maar de auteur begon met E en achternaam Sanders, Erika? Ik zou de titel weten als ik het zag.'

Ik wees naar een stel planken aan de andere kant van de kamer.

'Dan is het misschien het beste om daar te beginnen.'

'Nadat je gemist hebt.'

Ik voelde zijn hand op mijn onderrug toen we het juiste gedeelte naderden.

Ik sloot mijn ogen even en wilde kreunen.

Het leek lang geleden dat ik zijn aanraking had gevoeld, ook al was het nog maar vroeg vanochtend.

Door mijn shirt heen voelde ik de hitte van zijn huid die de mijne verbrandde.

'Ik zou je kunnen helpen zoeken als je me een hint kunt geven. Een woord misschien?'

'Seks. Ik denk dat het iets met seks te maken heeft.'

Zijn stem was een zacht gefluister tegen mijn oor.

Toen drukte hij zich tegen me aan en duwde me naar een klein bureau aan het einde van de gang.

Toen ik niet verder kon, verhoogde hij de druk op mijn onderrug en kantelde me naar voren.

"Maar mijn interesse in lezen neemt momenteel af. Ik ervaar het liever."

Ik snakte naar adem en greep de rand van het bureau vast om mezelf in evenwicht te brengen.

Mijn borsten sloegen tegen de koude, harde bovenkant.

Ik kreunde toen ik zijn opwinding door zijn broek en mijn rok voelde terwijl hij zich langzaam van achteren tegen me aan wreef.

Ik slikte terwijl zijn hand verder naar het zuiden gleed en mijn kont streelde.

Klampt zich vast aan de rok.

Ik trek mijn slipje tot aan mijn knieën.

Toen zijn vingers langs mijn kutje streken en tussen mijn gezwollen lippen drukten, jammerde ik luid.

" Shhh "

Hij bleef me zo langzaam aaien dat het gek werd.

Zijn andere hand speelde met mijn haar en maakte het knotje los dat hij er vanochtend zorgvuldig op had gelegd.

Ik beet op mijn onderlip en liet mijn wang op het bureau rusten.

Ik jammerde opnieuw toen zijn hand tussen mijn benen verdween.

'Wees een braaf meisje. Beweeg niet.'

Ik hoorde hem zijn riem losmaken en zijn broek openritsen.

Ik hoorde zijn zachte zucht terwijl hij waarschijnlijk zijn pik bevrijdde uit de begrenzingen van zijn boksers.

Ik hoorde mijn eigen hart wild in mijn oren kloppen.

'Onthoud nu, juffrouw, we zijn in een bibliotheek. Ik heb gehoord dat er strikte regels zijn over het maken van harde geluiden. En de straf voor het overtreden van die regels... nou, ik weet zeker dat u weet wat de plichten zijn van het zijn een bibliothecaris zijn en zo." ".

Zijn vingers streelden mijn kutje opnieuw.

Maar er klopte iets niet.

Hij pakte ook mijn heupen met beide handen vast.

Ik kreunde van vreugde toen ik besefte dat het zijn pik was die me daar wreef.

Er klonk een luide knal toen het mijn blote billen raakte, waardoor ik opsprong en schreeuwde.

"Ik heb u een vraag gesteld, mevrouw."

"Het spijt me, meneer."

"Ben je opgewonden?"

"Ja meneer."

Hij duwde zich naar voren, waarbij zijn pik een heel klein beetje doordrong terwijl hij zijn heupen heen en weer wiegde.

Ik spreidde mijn benen zo wijd als ze konden, terwijl mijn slipje nog steeds mijn knieën tegen elkaar duwde.

Toen hij eenmaal volledig in mij zat, bewoog hij een hand naar mijn onderrug.

Hij wikkelde mijn losse haar om zijn andere hand en trok eraan.

Ik schreeuwde en keek naar de koude grijze muur.

Hij had het zo groot in mij en strekte mij wijd uit.

Hij hijgde terwijl hij op zijn gemak naar binnen en buiten ging.

Hij gaf me nog een klap op mijn kont en boog me toen weer over het bureau.

'Dit is een braaf meisje. Lekker strak. Erg nat. Precies zoals jouw heer ze graag heeft.'

Ik kreunde en mijn lichaam smeekte hem om mij naar een climax te brengen.

Opnieuw wiegde ik tegen hem aan en volgde zijn ritme.

Dat leverde mij weer een hit op.

'Niet bewegen, Kleintje. Ik ben met je aan het neuken. Je krijgt later je kans. En houd je mond.'

Ik probeerde geen lawaai te maken.

Ik heb heel hard mijn best gedaan.

Ik wist dat er andere mensen in de bibliotheek waren, maar meestal ging niemand naar de kelder.

Maar van alle dagen waarop iemand hier ronddwaalt, zou vandaag wel eens de dag kunnen zijn.

En toch wenste ik ook dat iemand ons aan het neuken zou vinden, zodat ik dat stukje exhibitionisme dat ergens in mij verborgen zat, kon omarmen.

Maar toen hij erin dook en zich terugtrok, terwijl hij aan mijn haar trok, kon ik het niet helpen dat ik kreunde en naar adem snakte.

Schreeuwen toen hij besloot mij te slaan.

Hij neukte me een aantal lange minuten.

Het voelde zo goed.

Onder deze hoek kon ze echter geen orgasme bereiken.

En hij wist het.

Hij liet mijn rug los, terwijl hij nog steeds mijn haar vasthield, en gaf een klap op mijn kont.

Sterk.

Zijn stem siste terwijl hij vroeg:

"Vind je dat leuk, schatje?"

Ik gromde.

"Ja meneer! Ik vind het moeilijk"

"Ja, wat, kleintje?"

Het raakte mij opnieuw.

De scherpe geluiden en de korte pijn toen zijn hand tegen mijn blote huid aankwam, concurreerden met mijn geschreeuw.

Vooral toen hij zijn grote pik in mijn poesje bleef duwen.

Ik kon niet denken.

Ik kon niet praten.

"Ik wacht."

Nog een klap.

"Als ik liefheb!" Ik hapte naar adem.

"Brave meid."

Zijn vrije hand gleed onder mij en streelde mijn klitje.

Ik schreeuwde terwijl mijn lichaam trilde.

Maar het was niet genoeg tijd.

Zijn hand verdween en hij trok zich plotseling volledig terug.

'Sta op, Kleintje, en draai je om.'

Mijn benen waren gevoelloos toen ik gehoorzaamde.

Ik leunde even met mijn kont tegen het bureau, maar stond meteen weer rechtop en trok een grimas.

Ik had niet gedacht dat ik een paar uur zou kunnen zitten.

"Kleed je uit."

Ik opende mijn mond, maar sloot hem toen ik zag dat hij zijn hoofd naar beneden hield en naar mij keek door de rand van zijn zonnebril.

Ik ritste mijn rok open en schoof hem uit, terwijl ik mijn slipje naar beneden trok.

Ik knoopte mijn blouse los, trok hem uit en legde mijn beha op de groeiende stapel op de vloer.

Hij keek me aan met een glimlach op zijn lippen, en zijn tong stak elke keer uit als hij meer van mijn huid onthulde.

Toen maakte hij zijn das los en liet hem los.

Hij draaide zijn vinger in de lucht.

Ik draaide me nog een keer om.

Zwijgend pakte hij mijn handen vast, trok ze achter mijn rug en bond ze vast met zijn das.

Toen drukte hij op mijn schouder en ik keek hem weer aan.

"Achterover leunen."

Ik beet op mijn onderlip, maar gehoorzaamde.

Mijn kont deed nog steeds erg pijn, vooral omdat de rand van het bureau in mijn gekneusde spieren prikte.

En nu ik mijn handen ook op mijn rug vastgebonden had, kon ik ze niet gebruiken om mijn lichaam te ondersteunen.

'Spreid je benen. Braaf meid.'

Hij legde zijn linkerhand op mijn rechterschouder om me in evenwicht te brengen voordat hij mijn kutje met zijn andere hand bedekte.

Ik sloot mijn ogen terwijl twee van zijn vingers tussen mijn gezwollen lippen drukten en over mijn clitoris wreven.

Ik liet mijn hoofd achterover vallen en liep van hem weg naar de muur achter mij.

Hij duwde mijn benen verder uit elkaar en tilde mijn kutje op zodat zijn vingers het dieper konden strelen.

Ik vergat de pijn helemaal.

En hoe kwetsbaar ik was als iemand ons betrapte.

Het enige waar ik aan kon denken was het bereiken van die klif en daarna halsoverkop vallen.

Hij klom en klom en klom... kreunend terwijl ik knikte.

'O kleintje. Wat heb ik je verteld over stil zijn?'

Ik hapte naar adem toen hij zijn hand weghaalde en me overeind trok.

"Op je knieën."

Ik jammerde toen hij me op mijn knieën hielp.

Mijn handen rustten op mijn zere billen.

De randen van zijn das streken langs de achterkant van mijn dijen.

Ik kon nog steeds de prikkel van zijn aanraking voelen, de warmte van mijn huid op de plek waar zijn handen hadden gezeten.

Mijn kutje balde zich van de leegte die er nu was.

"Open de mond."

Ik leunde mijn hoofd achterover en liet mijn kaak zakken.

"Brave meid."

Hij streelde even mijn wang met de achterkant van zijn vingers.

Toen stak hij zijn duim in mijn mond, bevochtigde die met mijn tong en wreef met zijn vinger over mijn onderlip.

'Je bent zo verdomd lief, mijn dame. Mijn meisje.'

Daarmee tilde hij zijn pik op en verving zijn duim door de kop van zijn pik.

"Lik eraan."

Ik stak mijn tong uit en bedekte het puntje met mijn speeksel.

Hij wreef zijn pik heen en weer en rond mijn lippen.

En toen kreunde ik.

'Wat moet ik nu doen met die geluiden die je maakt?'

Hij pakte mijn kin vast, trok zachtjes om me verder open te maken, en liet zijn pik vervolgens in mijn mond glijden totdat hij op mijn tong rustte.

'Ja, dat kan ervoor zorgen dat je je mond houdt.'

Ik knipperde met mijn ogen, maar hield mijn ogen op zijn gezicht gericht.

In zijn glimlach kon ik mijn spiegelbeeld in zijn bril zien en ik kreunde opnieuw.

Hij duwde zijn pik dieper in mijn mond, waardoor ik moest kokhalzen.

Hij trok zich langzaam terug en ging toen weer naar binnen.

Keer op keer vulde hij mijn mond, terwijl zijn stijve huid langs mijn natte lippen wreef.

Hij trok zich helemaal terug en sloeg zijn pik een paar keer tegen mijn lippen.

"Haal diep adem."

nu mijn eigen vloeistoffen en zijn voorvocht op mijn tong proefde , en toen opende ik hem weer.

"Wat een braaf meisje."

Vervolgens liet hij zijn pik weer in mijn mond glijden, met zijn handen aan weerszijden van mijn hoofd.

Vervolgens duwde hij zijn heupen heen en weer en neukte mijn mond alsof hij mijn poesje had.

Hij ging een aantal lange minuten door, terwijl hij nu met één hand mijn haar vastpakte en mijn hoofd achterover hield.

Van tijd tot tijd zei hij dat ik alleen aan de kruin moest zuigen of likken.

En hij stopte soms, terwijl hij zijn pik zo diep begroef dat ik hem in mijn keel kon voelen en ik zijn ballen tegen mijn kin kon voelen, terwijl de pittige geur van zijn mannelijkheid mijn neus binnendrong.

Hij reikte naar beneden en kneep meerdere keren in mijn tepel of streelde mijn borst, maar hij bleef nooit te lang hangen en vulde mijn mond altijd met zijn pik met de diepte en snelheid die ik wenste.

Ik jammerde en jammerde, maar de geluiden die ik maakte waren nu gedempt.

En al die tijd fluisterde hij bemoedigende woorden.

"Dat is het lieve meisje van je heer. God, het voelt zo goed om je mond om mijn pik te hebben gewikkeld. Ja schat. Zo. Mmmm. Ga zo door."

Door al deze bewegingen gleed mijn bril langs mijn neus naar beneden.

"Kijk me aan, Kleintje. Oh schat, je bent zo verdomd heet. Mijn pik in je mond, je ogen op mij gericht. Je bent zo hulpeloos, overgeleverd aan mijn genade. En die bril. Oh, shit!"

Hij neukte me nog een paar keer, en toen voelde ik zijn hete sperma achter in mijn keel stoten.

Hij hield mijn hoofd stil, zijn pik drukte tegen mijn tong en het gehemelte.

Toen hij klaar was, zei hij:

"Lik eraan. Laat het schoon, schat."

Ik deed mijn best zonder mijn handen te gebruiken.

"Dit is mijn brave meisje."

Hij streelde mijn haar tot hij tevreden was.

Hij hielp me met opstaan en zette me op het bureau.

Voordat ik kon reageren, stak hij een hand in mijn kutje en bedekte mijn mond met de zijne, waardoor mijn kreet van verbazing tot zwijgen werd gebracht.

Zijn andere hand bedekte een van mijn borsten en streelde uiteindelijk mijn pijnlijke tepel onder zijn handpalm.

'Kom klaar voor uw heer, schat,' fluisterde hij terwijl hij me liet ademen.

Toen kuste hij me opnieuw, terwijl hij zijn tong tegen de mijne duwde terwijl zijn vingers met mijn clitoris speelden.

Deze keer beklom ik die klif en viel uiteindelijk, terwijl mijn lichaam eronder trilde.

Hij slikte mijn geschreeuw in, zijn lichaam bedekte het mijne en drukte me tegen het bureau en de muur, totdat ik stil onder hem lag.

Ik knipperde met mijn ogen toen hij een stap achteruit deed, zijn pik in zijn zak stak en zijn kleren gladstreek.

Hij hielp me weer opstaan en maakte mijn polsen los.

'Kleed je aan, kleintje. Maak je haar goed.'

Verdwaasd raapte ik mijn kleren van de vloer.

Ik trok snel mijn haar in een knotje en zette mijn bril recht.

Toen ik me weer had aangekleed, pakte hij mijn wang vast en glimlachte naar me.

"Nu, over dat boek waar ik naar op zoek was..."

Ik schraapte mijn keel en pakte een willekeurig boek van de plank.

'Ik denk dat dit degene is die u wilde hebben, meneer. Hij stond hier de hele tijd in het volle zicht.'

'U heeft gelijk, mevrouw. Ik ben zo blij dat er een bekwame bibliothecaris is als u er een nodig heeft.'

'Wanneer u maar wilt, meneer,' glimlachte ik en verliet de schappen. "Wanneer je maar wilt, ben ik hier om je te dienen in alles wat je nodig hebt."

SEKSUEEL VERLANGEN

25

Mijn liefste, ik wil dat je achter je computer gaat zitten en een afbeelding laat zien, een visueel stuk, zoals een poesje.

Niet het gezicht en het lichaam, alleen de knieën gebogen en de benen gespreid.

Met lange en mooie elegante vingers die de vaginale lippen iets van elkaar scheiden.

Stel je voor dat ik naar binnen loop en volledig gekleed aan dit bureau zit.

schoenen met hoge hakken, enkelomslag en puntige neus, aan weerszijden van u.

Jij leunt achterover en glimlacht, en ik leun ook glimlachend achterover.

Ik til mijn dunne, zijdezachte zwarte jurk op en je ziet dat mijn slipje ontbreekt en de glans van mijn nattigheid op mijn spleet al merkbaar is.

Je ziet het puntje van een zwart korset waaraan ook de kousen zijn vastgemaakt.

Ik til mijn jurk met beide handen omhoog, trek hem over mijn hoofd en onthul aan jou het leren korset dat maar een paar centimeter breed is.

Mijn tepels staan rechtop en hoog en steken van bovenaf uit.

Jij leunt naar voren, maar ik ben hier om met je te spelen en ik gebruik mijn puntige schoenen om je te houden waar je bent.

Ik zie een merkbaar groeiende lul die uit zijn broek moet komen en ik vraag je om hem los te knopen.

Ik laat mijn tong langs mijn lippen glijden over hun lengte, glimlachend, terwijl je in je broek naar beneden glijdt.

De kop van je pik steekt uit je boxershort en heeft ook een beetje een veeleisende glans.

Het is zo om een goede reden.

Deze aanblik van je stijve lul windt me plotseling op en ik vraag je om me te likken.

Je leunt naar voren en doet dat, terwijl je mijn lippen een beetje van elkaar scheidt om mijn clitoris te vinden.

Je neemt hem in je mond, zodat hij iets meer naar buiten steekt.

Ik had gewoon die aanraking van je tong nodig om me op gang te krijgen.

Terwijl ik me op mijn gemak voel, vraag ik je om je pik in je andere hand te nemen en hem lichtjes te strelen.

Je doet het, maar ik kan je vertellen dat je meer nodig hebt, dit is niet genoeg.

Ik dwing je om op mijn knieën te gaan om je volledig in mijn mond te nemen, afwisselend likkend van de onderkant naar de bovenkant, van boven naar beneden en terug naar de ballen, waarbij ik de binnenkant van het kruis lik.

Je houdt van wat je ziet als ik kniel, mijn kont is zo dun als een paar centimeter breed en mijn anus is strak en uitnodigend.

Ik sta weer op omdat ik te dicht bij een climax kom.

Ik laat je rechtop staan en je broek zakt tot over je knieën.

Je hebt je schoenen nog aan, je das nog vastgebonden, maar je overhemd helemaal losgeknoopt.

Ik vind het heerlijk om zoveel mogelijk van je huid te zien.

Nu je staat, vraag ik je om je rug naar mij toe te draaien .

Moge je je benen voldoende openen zodat ik achter je kan knielen.

Mijn tong likt je benen, likt je ballen en zelfs het gekraak van je kont, likt en draait mijn tong rond je anus.

Ik haal een vibrator uit mijn tas en vraag of ik hem bij je mag gebruiken, maar voordat je antwoord geeft, leg ik hem tegen je huid.

Met mijn mond laat ik speeksel over je hele kont achter, zodat alles gesmeerd wordt.

Ik zet hem op lage snelheid en laat hem over je ballen en tussen je ballen en je kontgat lopen.

Mijn andere hand gaat tussen je benen en grijpt je pik vast, streelt en waaiert hem uit.

De vibrator voelt lekker aan in je kont.

Ik leg hem naast je anus en schuif een van de twee uiteinden, de dunne, die ook mijn favoriet is.

Deze schuift naar binnen en ik plaats de andere punt meer naar het midden, opnieuw achter je ballen, kijkend hoe de sensatie je naar een ander niveau brengt.

Je handen houden het bureau vast en je ogen zijn gesloten en geven toe aan wat ik wil doen.

Maar ik blijf zo, terwijl ik een beetje streel terwijl je door het geroezemoes je afvraagt wat er daarna gaat gebeuren.

Ik stop abrupt en zeg dat je je moet omdraaien.

Je doet het en je gezicht bloost.

Je genoot hier echt van en kwam dichter bij de staat die je wilde.

Maar ik geef er de voorkeur aan om te vertragen om je terug naar mijn mond te brengen.

Ik ben zo heet als de hel en ik verlies een beetje controle.

Dus laat ik je weer gaan zitten, kniel voor je en vraag je jezelf te strelen, maar langzaam.

"Strel jezelf mijn liefste."

Terwijl ik voor je kniel en op mijn hielen leun.

Ik zet de vibrator aan en wrijf ermee over de buitenkant van mijn vagina, over de clitoris.

Het kost me minder dan een seconde om een orgasme te bereiken.

Ik heb mijn benen en knieën gespreid en ik leun mijn hoofd naar achteren, terwijl ik mijn kutje spreid met mijn handen, zodat je mijn orgasmespieren kunt zien bewegen.

Ik houd de vibrator vast tot ik klaar ben en mijn eigen sappen eruit lopen.

Ik kijk naar je en je masturbeert, waardoor het tempo toeneemt.

Je tempo is versneld en het is zo opwindend dat ik op mijn knieën zit en je smeek om over mijn gezicht en borst te komen.

En jazeker, zo doe je dat.

Ik zie hoe de stralen van jouw melk naar mij toe komen.

Maar uiteindelijk spuit je naar het computerscherm en op het toetsenbord .

We nemen afscheid tot een andere keer en jij zet de webcam uit.

WELKOM VOCHTIGHEID

31

Glenn komt thuis na een zware werkdag en laat zijn koffertje en jas bij de deur achter.

Hij vindt het ongewoon stil in huis, maar besteedt er niet veel aandacht aan en gaat naar de slaapkamer.

Terwijl hij de trap oploopt, ruikt hij de heerlijke geur van het parfum van zijn geliefde vrouw Susan.

Wanneer hij de overloop bereikt, hoort hij de zwakke geluiden van muziek die zwakjes door de deur naar zijn kamer ontsnappen.

Hij zorgt ervoor dat hij geen geluid maakt en opent langzaam de deur.

"Susan?" ' Zegt hij met een nogal diepe mannenstem.

Terwijl de deur steeds verder opengaat, doet de aanblik van zijn naakte lichaam dat op het bed ligt hem huiveren.

"Ja schatje." ' zegt ze met zwoele stem.

Hij begint naar het bed te lopen, maar zij zegt dat hij moet stoppen.

Verbaasd doet hij wat hem wordt opgedragen, wetende dat ze iets aan haar hoofd heeft.

Ze stapt uit bed.

Zijn lichaam beweegt met grote gratie.

Hij kan het niet helpen dat hij gefixeerd is op haar heerlijke borst die licht beweegt terwijl ze naar hem toe loopt.

Hij voelt zijn pik verharden terwijl zijn gedachten door hem heen gaan

"Zij is zo mooi".

Ze strekt haar handen uit en maakt zijn riem los.

Ook zijn broek, hij knoopt hem los en laat hem zakken.

Dit doet hem trillen van opwinding.

Omdat ze hem zo opgewonden ziet, glimlacht ze en trekt zijn boxershort naar beneden met een hongerige behoefte om aan zijn harde lid te zuigen.

Ze legt zachtjes haar handen op zijn nu stijve pik en streelt hem langzaam.

Vervolgens steekt hij zijn tong uit en likt het hoofd voordat hij het in zijn mond stopt.

Hij kreunt terwijl ze aan zijn harde pik begint te zuigen.

Het beweegt het steeds sneller in en uit zijn mond.

Dan keert hij langzaam terug naar een laag tempo en draait zijn tong rond het hoofd terwijl hij het met zijn hand streelt.

Hij kreunt terwijl haar hand de roze eikel van zijn pik streelt.

Dan likt ze zijn ballen tot aan het puntje van zijn pik.

Ze haalt het uit haar mond en staat op om hem hartstochtelijk te kussen terwijl ze zijn shirt uittrekt.

Hij slaat zijn warme armen om haar heen, trekt haar dichter naar zich toe en voelt haar borsten tegen zijn borst gedrukt.

Terwijl ze kussen, glijden zijn handen langs haar lichaam en voelen haar zachte huid onder zijn vingertoppen.

Zijn handen bewegen over haar kont en hij knijpt er hard in.

Hij tilt haar op bij de kont, slaat haar benen om zijn middel en loopt richting het bed.

Hij legt haar zachtjes neer en gaat bovenop haar liggen.

Hij kust haar diep, tot aan haar nek en borst.

Hij likt langzaam rond haar rechterborst en komt dichter bij haar nu stijve tepel.

Hij plaatst haar tepel in zijn mond en zuigt erop, waarbij hij er zachtjes op bijt.

Hij gaat naar de andere borst, reikt naar beneden en begint over haar clitoris te wrijven, waardoor ze sneller gaat ademen en lichtjes begint te kreunen.

Hij wrijft sneller terwijl hij haar buik kust, waarbij hij zich op haar navel concentreert.

Ze voelt dat ze erg nat wordt en haar ademhaling versnelt.

Hij kust haar schattige heuveltje en vervangt dan zijn vingers door zijn tong.

Zachtjes zuigen en bijten op haar clitoris.

Dit stuurt haar op een golf van plezier, kreunend.

Dan steekt ze een vinger in die langs haar gezwollen schaamlippen naar die geheime, gladde plek gaat.

Hij schuift zijn vinger langzaam naar binnen en naar buiten en steekt dan snel een andere vinger in terwijl ze kreunt.

Hij blijft zich concentreren op het zuigen aan haar klitje, terwijl zijn vingers die speciale plek in haar raken waarvan hij weet dat ze er helemaal gek van wordt.

Ze kreunt luid en voelt een tintelend gevoel van haar rechterbeen omhoog en rond haar lichaam en naar haar linkerbeen.

"Oh baby!" ze kreunt: "Dat voelt zo goed!"

Glenn weet dat als hij dit volhoudt, ze zeker over de rand zal gaan, dus gaat hij langzamer rijden en kust haar een weg terug om haar mond te verslinden.

Ze delen een hartstochtelijke kus.

Hun tongen dansen samen.

Hij haalt zijn vingers uit haar inmiddels doorweekte kutje en begint haar rechterborst te masseren.

Haar gekreun onderdrukt door de kussen.

De kus breekt en ze fluistert in zijn oor:

"Ik heb je in mij nodig, schat."

De vermelding van zijn harde pik die in het natte poesje van zijn geliefde glijdt, doet hem grommen van lust en hij beweegt bovenop haar.

Hij spreidt haar benen met zijn heupen en positioneert zichzelf om haar binnen te gaan.

Hij speelt ermee, steekt alleen het hoofd in en trekt zich dan langzaam terug.

"Geef het mij alsjeblieft allemaal." Ze smeekt hem, maar hij heeft de overhand en houdt het tempo van het spel bij. Hij steekt alleen de punt in en trekt hem terug als ze begint te kreunen.

Eindelijk, op een onverwacht moment, drijft hij zijn harde lid helemaal naar binnen om haar te laten gillen.

Hij begint langzaam met lange, harde slagen in en uit haar te duwen.

Hij begint harder en sneller te strelen en trekt aan haar kont voor diepere penetratie.

"Oh God, je voelt je zo goed in mij. Ik hou zoveel van je als je mijn poesje neukt."

Hierop gromt hij en trekt zich plotseling terug.

Hij gebaart dat ze zich moet omdraaien en dat doet ze snel met een sprongetje van opwinding.

Hij weet dat haar van achteren betreden een van haar favoriete standjes is en hij geeft het haar ook graag op die manier.

Hij steekt zijn pik in haar en begint hard en snel te stoten.

Ze kreunt luid en zegt het hem nog luider.

Hij houdt ervan om zijn lieve vrouw te neuken, dus hij begint ruiger tegen haar te worden.

Zijn lichaam en ballen sloegen tegen haar nu rode kont.

Ze begint zich terug te duwen in zijn stoten, waardoor zijn pik nog dieper naar binnen dringt.

Ze kreunen allebei van plezier.

"Oh, ik ga klaarkomen, schat. Ben je klaar voor mijn klaarkomen?"

"Oh ja schat, ik ga ook klaarkomen."

Nog een paar slagen en Susan schreeuwt van plezier en haar lichaam begint te trillen terwijl haar orgasme haar overweldigt.

Glenn voelt dat de wanden van haar kutje zijn pik beginnen te melken en hij kan er niet meer tegen.

Hij gromt haar naam en schiet zijn hete sperma diep in haar nu romige en natte kutje.

Susan, uitgeput door zijn explosie, leunt op haar ellebogen terwijl ze voelt dat hij nog een paar straaltjes sperma in haar spuit.

Tevreden, en proberend niet bovenop haar te vallen, trekt hij zich langzaam terug uit haar kutje , pakt haar bij haar middel en trekt haar mee op bed.

Ze kijken elkaar in de ogen, beide vertroebeld door de krachtige orgasmes die zojuist enkele seconden geleden door hun lichaam waren gegaan.

Een voldoening van wederzijdse kennis blijft in de kamer hangen terwijl de twee in elkaars armen in slaap vallen.

GEKLED VOOR DE GELEGENHEID

37

De stilte van de nacht omringde haar en drukte met zijn sereniteit op haar, in een poging haar angst te kalmeren.

Dat kon haar echter niet kalmeren.

Ongebreidelde gevoelens die ze niet gewend was en nog nooit eerder had ervaren , stroomden door haar lichaam en maakten haar zenuwachtig.

Haar hakken klikten zachtjes over het verharde pad terwijl ze naar de lucht keek.

Waarom ga je daar vanavond heen?

Waarom had ze zich zo gekleed?

Ze voelde de macht die zijn blik over haar had.

Ze zuchtte en liet haar geest stoppen met denken aan de gebeurtenissen die vanavond zouden kunnen gebeuren.

* * *

Het voelde alsof alle ogen op haar gericht waren toen ze het pand binnenkwam.

Haar stiletto's klikten tegen de hardhouten vloer toen ze de dansvloer overstak en naar de bar liep.

De rok van haar rood-zwarte outfit zwaaide bij elke stap heen en weer, waarbij de rode streep tegen haar knie vloeide terwijl de zwarte een paar centimeter erboven rustte.

De blouse hing losjes over haar schouders en langs haar borsten, en stuiterde net genoeg om de aandacht te trekken bij elke stap die ze zette, en liet een royale hoeveelheid huid zien.

En zonder bh.

Ze wist hoe ze eruitzag in deze outfit.

Ze zag eruit als een slet.

Ze maakte de look af met een zwarte kanten choker om haar nek en een vleugje rode lippenstift.

Hij zat tussen een man en een vrouw in en glimlachte naar de ober.

"Hallo James."

'Samy. Het is goed je weer te zien.' Hij liet zijn ogen langzaam over haar gezicht en borsten glijden. 'Heel goed zelfs. En voor wie is de gelegenheid?'

Ze schudde haar hoofd en glimlachte, waardoor een lok krullen over haar oor viel.

'Er is geen gelegenheid voor. Ik had gewoon zin om me zo te kleden.'

Hij reikte over de bar en stopte de krul achter haar oor.

Zijn vingers streken langs de zijkant van haar wang en ze vergat bijna hoe ze moest ademen.

'Je zou je vaker zo moeten kleden.'

"Misschien zal ik."

'Ik kom vanavond rond elf uur van mijn werk af. Wil je daarna dansen?'

Ze knikte langzaam, niet in staat haar blik van de zijne af te wenden.

Met heel langzame precisie leunde hij over de bar en bracht zijn lippen naar de hare, waardoor de kus net genoeg werd verdiept om haar naar meer te laten verlangen voordat hij zich terugtrok.

"Ongeveer twintig minuten."

* * *

Die twintig minuten hadden nog nooit zo lang geleken in Samy's leven.

Ze keek voortdurend naar alles om haar heen, zich bewust van elke beweging die hij maakte, zonder zelfs maar naar hem te kijken.

Het was alsof haar zintuigen op haar lichaam waren afgestemd, maar ze sprong nog steeds toen hij haar achter op de schouder aanraakte.

Hij had de kraag van zijn zwarte overhemd losgeknoopt en glimlachte naar haar terwijl hij zijn hand uitstak.

'Ik denk dat je mij een dans schuldig bent.'

Toen ze haar hand in de zijne legde, was het alsof er een kleine elektrische schok door haar lichaam ging.

Hij glimlachte terwijl hij haar naar een hoek van de dansvloer leidde en trok haar toen dicht bij zijn lichaam toen het lied veranderde.

Het was langzaam en verleidelijk, en zijn ritme leek overeen te komen met haar hart terwijl ze tegen hem aandrukte.

En zomaar was ze zich scherp bewust van de harde contouren die tegen haar zachte lichaam golfden.

Ze sloeg haar armen om hem heen en drukte haar handen tegen zijn zachte achterste rondingen terwijl ze heen en weer zwaaiden.

Hij boog zich voorover en drukte zijn lippen tegen de hare, spreidde ze zachtjes en verleidde haar met zijn tong.

Zijn hand gleed lager over haar rug, rustend op haar heup, gleed laag genoeg om één wang van haar kont te strelen terwijl hij haar onderlichaam tegen de zijne trok.

Ze hapte naar adem toen ze voelde hoe hard hij echt tegen haar aan drukte en ze had kunnen zweren dat ze hem hoorde kreunen.

Maar net toen hij dat deed, riep de andere ober naar hem en hij zuchtte en liet zijn hoofd achterover hangen.

'Samy... ik ben zo terug. Ik zweer het. Ga nergens heen.'

Ze knikte enigszins dwaas terwijl ze wegliep van de dansvloer en een afgelegen hokje in liep.

Hij keek toe hoe James terug de bar in liep en zich weer over hem heen boog, terwijl hij met Joseph praatte.

Joseph was de vervangende barman voor die avond.

Hij nam het altijd over als James met pensioen ging.

Toen hij een lange, langbenige blondine zich bij hen zag voegen, besefte hij iets.

Zo'n soort meisje was zij niet.

Ik had geen idee wat ik aan het doen was.

James was het soort man dat altijd een meisje beschikbaar had, een lang, blond, super sexy meisje.

En ze was klein, donker en Latina.

Ze vertrok rennend.

Zo snel en stil als hij kon.

Hij liep richting de deur en toen hij over zijn schouder keek, zag hij de blondine dicht bij James leunen en haar vingers over zijn arm strijken.

Ze zuchtte en schudde haar hoofd terwijl ze haar weg vervolgde.

Het zou niet goed zijn om erbij stil te staan en erover na te denken.

Haar voeten begonnen pijn te doen door haar hielen, dus trok ze ze uit en stapte weg van het geplaveide pad, terwijl ze zich door haar voeten naar de rand van de rivier liet leiden die ze zo goed kende.

Hij stak zijn voeten in de oever van de rivier en keek een hele tijd naar het water.

"Wat dacht ik?" Eindelijk mompelde ze.

"Dat is wat ik graag zou willen weten."

Ze schreeuwde bijna toen ze zich omdraaide.

James stond achter haar, de armen boos over elkaar geslagen en fronsend.

Maar de frons maakte langzaam plaats voor een blik van verwarring en bezorgdheid.

'Samy, je huilt. Wat is er aan de hand?'

Ze keek van hem weg en stak de rivier over naar de andere met gras begroeide oever.

'Ik had het niet moeten doen. Ik had vanavond niet zo gekleed naar de bar moeten komen. Ik had niet moeten denken dat ik een kans had.'

"Samy, waar heb je het in vredesnaam over?"

Hij liep naar haar toe en legde zijn hand op haar schouder.

Ze beefde, ze had het koud.

Hij trok haastig zijn jas uit en drapeerde die over haar schouders, terwijl hij achter haar aan liep om haar armen te wrijven.

'Je zag er prachtig uit daarbinnen. Ik denk dat ik vergat hoe ik moest ademen toen je binnenkwam.'

"Ik heb de vrouwen gezien met wie je normaal gesproken omgaat. Ik ben niet zoals zij, James. Ik ben niet elegant of supersexy. Ik ben niet blond, of lang, of lange benen, of heb een perfect lichaam. zoals zij. Ik heb daar geen oplossing voor . Ik wist niet eens wat ik deed.' Ze eindigde fluisterend.

'Echt waar? Je had me daarbinnen voor de gek kunnen houden.'

Hij draaide haar naar zich toe, leunde naar voren en drukte zijn lippen tegen haar nek.

Ze huiverde.

"Je lichaam voelde perfect aan toen je me tegen je aan drukte op die dansvloer."

Hij strekte zijn hand uit en pakte haar borst vast, waarbij hij de omtrek van haar tepel door haar blouse trok.

Het deed haar een beetje huiveren.

"Ze leken zeker te weten wat ze wilden doen toen we elkaar kusten en aan het drukken waren."

Hij boog zich over haar heen en dwong haar naar beneden te gaan totdat ze op de grond lag.

'Laat me je laten zien, Samy. Laat me je laten zien dat je meer bent dan je denkt.'

Zijn lippen gleden langs de hare voordat ze langs haar nek naar beneden gleden en over de dunne blouse die haar borsten bedekte.

Haar adem stokte in haar keel toen zijn lippen eerst de ene tepel vonden en daarna de andere, en er langzaam aan zoog terwijl ze zich in zijn aanraking boog.

Zijn vingers vonden behendig de zoom van haar overhemd en begonnen het langzaam omhoog te trekken, terwijl ze haar huid plaagden toen deze zich openbaarde.

Hij tilde hem langs haar borsten en hield hem net boven hen terwijl hij haar rechterborst kuste en haar huid proefde.

Ze kreunde toen James eindelijk zijn lippen naar de top van haar borst bracht, de tepel tussen zijn tanden nam en er zachtjes aan trok voordat hij erop zoog.

Ze kreunde nog luider toen zijn hand haar andere borst begon te kneden, terwijl hij zijn handpalm herhaaldelijk over haar tepel rolde.'

"Zie je?" Hij ademde tegen haar huid. "Jij bent de perfecte vrouw".

Op weg naar beneden begon hij haar te kussen , waarbij hij met zijn tong cirkels rond haar navel trok.

James glimlachte naar haar terwijl hij haar rok pakte en in plaats van hem naar beneden te trekken, duwde hij hem omhoog.

De voorkant vouwde naar achteren en het volgende moment plaatste hij zachte, speelse kusjes langs haar hete heuveltje boven haar slipje.

Ze was al nat.

Ze voelde hem door haar slipje terwijl hij zijn neus tegen haar wreef.

Ze beefde onder hem en hij streelde zachtjes haar vingers op en neer terwijl hij zijn tanden gebruikte om haar slipje naar beneden te laten glijden.

Hij kuste haar opnieuw, zonder enige barrière tussen zijn lippen en haar kutje.

Hij begon zijn tong langs haar spleet te laten glijden en zij kreunde, haar heupen wild gebogen zodat hij zijn tong diep in haar drukte en hem over haar clitoris trok.

Samy kreunde en boog zich tegen zijn tong, terwijl het genot door haar heen stroomde terwijl hij met zijn tanden langs haar klitje streek en een vinger in haar liet glijden.

'Ik heb gelogen,' ademde hij tegen haar klitje. "Ik vergat niet alleen hoe ik moest ademen."

James zoog zachtjes op haar klitje, terwijl zijn vinger in en uit haar strakheid pompte.

'Ik kwam bijna in mijn broek, alleen al toen ik naar je keek.'

Haar vingers grepen zijn haar vast, en hij glimlachte tegen haar kutje terwijl hij een tweede vinger in haar liet glijden, herhaaldelijk met zijn tong over haar klitje glijdend totdat haar lichaam trilde onder zijn mond.

Zijn vingers streelden haar, in en uit, haar opgewonden, haar lichaam overhalend om te reageren totdat ze tegen zijn hand en tong wiegde.

'James,' haar stem haperde bijna terwijl hij in zijn hand kronkelde. "Alsjeblieft, stop nu niet!"

Zijn woorden klonken op een zachte, wetende toon, maar werden al snel luider terwijl ze schreeuwde van plezier.

Hij beet zachtjes op haar klitje en zoog er nu hard op, terwijl zijn vingers hard in haar duwden om haar hoogtepunt te bereiken.

Hij likte gretig haar sappen op en toen het trillen van haar lichaam afnam,

Toen hij klaar was, ging hij boven haar staan.

Hij glimlachte en legde zijn voorhoofd tegen het hare, terwijl hij zijn lichaam tegen het hare liet strijken terwijl hij in haar ogen keek.

'Ik zei toch dat jij net zo'n vrouw bent als zij, zo niet nog meer.'

Zijn ogen flitsten met iets wat op twijfel leek toen hij in James' ogen keek, maar toen liet hij zijn vingers over zijn borst glijden naar de harde bobbel in zijn broek.

'Heb je het daarom zo moeilijk?

Omdat ik een vrouw ben zoals zij?"

Haar vingers gleden op en neer langs zijn pik, en hij kon de kreun niet onderdrukken die langs zijn lippen gleed.

Hij had echter geen kans om te reageren toen haar lippen de zijne vonden en alle gedachten uit zijn hoofd werden gewist.

Haar vingers gleden naar zijn borst en behendig begon ze zijn overhemd los te knopen.

Ze trok hem snel uit zijn broek en duwde hem opzij terwijl ze zijn shirt helemaal uittrok.

De knoop van zijn broek rukte open en de rits gleed bijna vanzelf weg.

Ze trok zijn broek en boxershort ver genoeg naar beneden om zijn pik vrij te maken, sloeg haar kleine hand eromheen en streelde hem langzaam zodat hij kreunde en zichzelf gretig tegen haar hand drukte.

Hij kreunde geïrriteerd en stond op, trok in één beweging zijn broek en boxer uit en draaide zich naar haar toe.

Ze zat nu op haar knieën en glimlachte naar hem terwijl ze opnieuw haar hand om hem heen sloeg.

Hij boog zich over haar heen, streelde haar langzaam en sloot zijn ogen.

Het volgende moment spreidde hij ze echter terwijl haar lippen zich om zijn pik wikkelden en ze langzaam op en neer langs zijn harde lid bewoog.

Hij legde nu zijn handen op de achterkant van haar hoofd en begon haar langzaam in en uit haar mond te duwen, kreunend terwijl ze hem bij elke beweging zoog.

Het duurde niet lang voordat de zachte bewegingen snel en kort werden. Samy zoog hem harder naarmate hij zijn hoofd sneller bewoog.

Haar hand streelde zijn ballen en rolde ze heen en weer terwijl haar mond zich om hem heen klemde.

Toen ze met haar tong op de kop van zijn pik speelde, explodeerde hij in haar mond.

Ze slikte snel terwijl hij zijn lading naar haar toe stuurde en haar mond en keel tegen zijn pik drukte, waardoor hij nog harder en met meer uitbarstingen klaarkwam, totdat hij uiteindelijk zichzelf uitputte.

Ze liet de pik langzaam uit haar mond glijden en liet haar blik naar de grond vallen.

Hij viel voor haar op zijn knieën en legde zijn hand tegen haar wang.

Ze waren nog maar een stap verwijderd toen James' vinger de zijkant van haar gezicht bestreek, zijn vinger onder haar kin doopte en haar ogen naar de zijne opsloeg.

"We zijn nog niet klaar."

Zijn stem was zo laag dat er rillingen over haar rug liepen terwijl ze hem verbaasd aanstaarde.

Hij leunde naar voren en drukte zijn lippen tegen haar aan, waardoor de kus snel dieper werd.

Terwijl zijn tong langs haar lippen gleed, gleed een hand achter haar en trok haar tegen zich aan zodat ze van vlees tot vlees waren.

Haar tepels drukten gelukzalig tegen zijn borst, en zijn nieuwe erectie drukte hard tegen zijn onderbuik.

Ze bewoog zich en wreef langzaam met haar lichaam langs hem heen, waardoor hij kreunde toen hun kus koortsachtig werd.

Hij legde haar weer neer en schoof haar rok langs haar benen.

Hij keek haar lang aan voordat hij zich bewoog.

Hij boog zich weer over haar heen en plaatste een lichte kus op haar buik, net boven haar navel.

Hij glimlachte tegen haar warme huid en begon haar naar boven te kussen, waarmee hij zijn eerdere daden ongedaan maakte.

Zijn lippen plaagden nauwelijks tegen haar borsten voordat ze zich in haar nek nestelden en haar hartslag streelden.

Hij klopte tussen haar benen, zijn lid drukte tegen haar natte spleet terwijl ze haar benen om zijn middel sloeg en hij zijn armen om haar heen sloeg.

In één snelle beweging zat James bij haar op zijn schoot en, als dit mogelijk was, drukte hij zijn pik nog verder in haar.

Ze kronkelde een beetje en hij kreunde.

Hij kuste haar tot hij net onder haar oor reikte en zachtjes aan haar oorlel trok.

"Zeg eens, Samy, wil je het?"

Zijn adem voelde heet tegen haar huid en ze huiverde.

"Wil je dat mijn grote, harde pik in je begraven wordt?"

Samy's reactie klonk bijna als een kreun terwijl ze zichzelf tegen hem aan wreef.

'Ja. Alsjeblieft, James, ik wil dit sinds...' maar ze stopte snel, nog steeds met een blos op haar wangen, en keek weg.

James had daar geen idee van.

Hij dwong zijn blik terug naar de hare en liet zijn erectie tegen haar rusten.

'Maak af wat je zei.'

Ze kreunde en haar nagels groeven lichtjes in zijn huid.

'Dit wil ik al sinds ik je ontmoette.'

'Vertel me dan hoe graag je het wilt.'

Het was geen eis, meer een verzoek terwijl hij zijn vingers over haar borsten liet glijden en langzaam haar vlees kneedde.

Hij voelde haar hitte tegen zijn pik uitstralen, en hij deed er alles aan om hem niet zomaar weg te gooien en te pakken.

Haar reactie verraste hem en verbrijzelde alle zelfbeheersing die hij had gebruikt.

'Ik wil het niet. Ik heb het nodig, James.'

Haar ogen waren nu op de zijne gericht en hij kreunde zachtjes tegen haar huid terwijl ze zichzelf steviger aandrukte.

"Ik heb het zo hard nodig, ik heb er zo lang van gedroomd. Alsjeblieft. Ik wil dat je me neukt."

Dat kon ik hem niet meer ontzeggen.

Daarna kon hij zich niet langer inhouden.

Hij tilde haar op totdat de eikel van zijn pik tegen haar opening werd gedrukt en liet hem toen snel op haar vallen.

Ze kreunden allebei.

Haar kutje zat zo strak om zijn pik dat toen hij haar op en neer begon te bewegen op zijn lid, zijn harde lengte nog groter leek in haar ingekapseld.

Ze kreunde en gebruikte haar benen als hefboom en begon op zijn pik te stuiteren.

Haar borsten stuiterden vrijelijk tegen hem aan en haar tepels lonken naar hem terwijl hij naar voren leunde en begon te zuigen.

Ze kreunde en begon sneller op zijn pik te stuiteren, terwijl ze zichzelf keer op keer duwde.

Zijn lippen plaagden haar tepels, trokken ze naar binnen en zogen, streek er vervolgens met zijn tong overheen en knabbelde terwijl ze heen en weer wiebelde , kreunend tegen haar huid en trillingen door haar beten stuurde.

Haar kutje was zo nat dat het vocht langs zijn pik liep, en hij kreunde toen ze opzettelijk haar spleet om hem heen klemde, waardoor hij zich nog meer tegen haar verzette.

Hij hield ze allebei schuin zodat ze weer op haar rug op het gras lag en begon zijn pik hard in en uit haar te rammen.

Samy kreunde nog luider, haar nagels harkten haar terug terwijl een nieuwe harde stoot haar terug naar haar hoogtepunt bracht.

De strakke kramp rond zijn pik zorgde ervoor dat James ook snel klaarkwam en hij ramde nog sneller tegen haar aan, grommend terwijl zijn hete sperma haar vulde totdat het langs haar dijen stroomde.

Hij viel opzij en hijgde.

Vervolgens trok hij haar naar zich toe en plaatste zachte kusjes op de zijkant van haar gezicht.

'Zal het nog vijf jaar duren voordat je dapper genoeg bent om dit nog een keer te doen?'

Hij glimlachte en kuste haar mondhoek.

'Nooit, James.'

Samy glimlachte en drukte haar lippen tegen de zijne.

'Mooi, want ik denk niet dat ik langer dan een dag of twee mijn handen van je af kan houden.'

Samy's gelach galmde over het meer en James glimlachte terwijl hij rechtop ging zitten en haar diep kuste.

Dit zou zeker het begin kunnen zijn van iets heel interessants.

ONVERWACHTE ONTVANGST

49

Glenn komt thuis na een zware werkdag en laat zijn koffertje en jas bij de deur achter.

Hij vindt het ongewoon stil in huis, maar besteedt er niet veel aandacht aan en gaat naar de slaapkamer.

Terwijl hij de trap oploopt, ruikt hij de heerlijke geur van het parfum van zijn geliefde vrouw Susan.

Wanneer hij de overloop bereikt, hoort hij de zwakke geluiden van muziek die zwakjes door de deur naar zijn kamer ontsnappen.

Hij zorgt ervoor dat hij geen geluid maakt en opent langzaam de deur.

"Susan?" ' Zegt hij met een nogal diepe mannenstem.

Terwijl de deur steeds verder opengaat, doet de aanblik van zijn naakte lichaam dat op het bed ligt hem huiveren.

"Ja schatje." ' zegt ze met zwoele stem.

Hij begint naar het bed te lopen, maar zij zegt dat hij moet stoppen.

Verbaasd doet hij wat hem wordt opgedragen, wetende dat ze iets aan haar hoofd heeft.

Ze stapt uit bed.

Zijn lichaam beweegt met grote gratie.

Hij kan het niet helpen dat hij gefixeerd is op haar heerlijke borst die licht beweegt terwijl ze naar hem toe loopt.

Hij voelt zijn pik verharden terwijl zijn gedachten door hem heen gaan

"Zij is zo mooi".

Ze strekt haar handen uit en maakt zijn riem los.

Ook zijn broek, hij knoopt hem los en laat hem zakken.

Dit doet hem trillen van opwinding.

Omdat ze hem zo opgewonden ziet, glimlacht ze en trekt zijn boxershort naar beneden met een hongerige behoefte om aan zijn harde lid te zuigen.

Ze legt zachtjes haar handen op zijn nu stijve pik en streelt hem langzaam.

Vervolgens steekt hij zijn tong uit en likt het hoofd voordat hij het in zijn mond stopt.

Hij kreunt terwijl ze aan zijn harde pik begint te zuigen.

Het beweegt het steeds sneller in en uit zijn mond.

Dan keert hij langzaam terug naar een laag tempo en draait zijn tong rond het hoofd terwijl hij het met zijn hand streelt.

Hij kreunt terwijl haar hand de roze eikel van zijn pik streelt.

Dan likt ze zijn ballen tot aan het puntje van zijn pik.

Ze haalt het uit haar mond en staat op om hem hartstochtelijk te kussen terwijl ze zijn shirt uittrekt.

Hij slaat zijn warme armen om haar heen, trekt haar dichter naar zich toe en voelt haar borsten tegen zijn borst gedrukt.

Terwijl ze kussen, glijden zijn handen langs haar lichaam en voelen haar zachte huid onder zijn vingertoppen.

Zijn handen bewegen over haar kont en hij knijpt er hard in.

Hij tilt haar op bij de kont, slaat haar benen om zijn middel en loopt richting het bed.

Hij legt haar zachtjes neer en gaat bovenop haar liggen.

Hij kust haar diep, tot aan haar nek en borst.

Hij likt langzaam rond haar rechterborst en komt dichter bij haar nu stijve tepel.

Hij plaatst haar tepel in zijn mond en zuigt erop, waarbij hij er zachtjes op bijt.

Hij gaat naar de andere borst, reikt naar beneden en begint over haar clitoris te wrijven, waardoor ze sneller gaat ademen en lichtjes begint te kreunen.

Hij wrijft sneller terwijl hij haar buik kust, waarbij hij zich op haar navel concentreert.

Ze voelt dat ze erg nat wordt en haar ademhaling versnelt.

Hij kust haar schattige heuveltje en vervangt dan zijn vingers door zijn tong.

Zachtjes zuigen en bijten op haar clitoris.

Dit stuurt haar op een golf van plezier, kreunend.

Dan steekt ze een vinger in die langs haar gezwollen schaamlippen naar die geheime, gladde plek gaat.

Hij schuift zijn vinger langzaam naar binnen en naar buiten en steekt dan snel een andere vinger in terwijl ze kreunt.

Hij blijft zich concentreren op het zuigen aan haar klitje, terwijl zijn vingers die speciale plek in haar raken waarvan hij weet dat ze er helemaal gek van wordt.

Ze kreunt luid en voelt een tintelend gevoel van haar rechterbeen omhoog en rond haar lichaam en naar haar linkerbeen.

"Oh baby!" ze kreunt: "Dat voelt zo goed!"

Glenn weet dat als hij dit volhoudt, ze zeker over de rand zal gaan, dus gaat hij langzamer rijden en kust haar een weg terug om haar mond te verslinden.

Ze delen een hartstochtelijke kus.

Hun tongen dansen samen.

Hij haalt zijn vingers uit haar inmiddels doorweekte kutje en begint haar rechterborst te masseren.

Haar gekreun onderdrukt door de kussen.

De kus breekt en ze fluistert in zijn oor:

"Ik heb je in mij nodig, schat."

De vermelding van zijn harde pik die in het natte poesje van zijn geliefde glijdt, doet hem grommen van lust en hij beweegt bovenop haar.

Hij spreidt haar benen met zijn heupen en positioneert zich om haar binnen te gaan.

Hij speelt ermee, steekt alleen het hoofd in en trekt zich dan langzaam terug.

"Geef het mij alsjeblieft allemaal." Ze smeekt hem, maar hij heeft de overhand en houdt het tempo van het spel bij. Hij steekt alleen de punt in en trekt hem terug als ze begint te kreunen.

Eindelijk, op een onverwacht moment, drijft hij zijn harde lid helemaal naar binnen om haar te laten gillen.

Hij begint langzaam met lange, harde slagen in en uit haar te duwen.

Hij begint harder en sneller te strelen en trekt aan haar kont voor diepere penetratie.

"Oh God, je voelt je zo goed in mij. Ik hou zoveel van je als je mijn poesje neukt."

Hierop gromt hij en trekt zich plotseling terug.

Hij gebaart dat ze zich moet omdraaien en dat doet ze snel met een sprongetje van opwinding.

Hij weet dat haar van achteren betreden een van haar favoriete standjes is en hij geeft het haar ook graag op die manier.

Hij steekt zijn pik in haar en begint hard en snel te stoten.

Ze kreunt luid en zegt het hem nog luider.

Hij houdt ervan om zijn lieve vrouw te neuken, dus hij begint ruiger tegen haar te worden.

Zijn lichaam en ballen sloegen tegen haar nu rode kont.

Ze begint zich terug te duwen in zijn stoten, waardoor zijn pik nog dieper naar binnen dringt.

Ze kreunen allebei van plezier.

"Oh, ik ga klaarkomen, schat. Ben je klaar voor mijn klaarkomen?"

"Oh ja schat, ik ga ook klaarkomen."

Nog een paar slagen en Susan schreeuwt van plezier en haar lichaam begint te trillen terwijl haar orgasme haar overweldigt.

Glenn voelt dat de wanden van haar kutje zijn pik beginnen te melken en hij kan er niet meer tegen.

Hij gromt haar naam en schiet zijn hete sperma diep in haar nu romige en natte kutje.

Susan, uitgeput door zijn explosie, leunt op haar ellebogen terwijl ze voelt dat hij nog een paar straaltjes sperma in haar spuit.

Tevreden, en proberend niet bovenop haar te vallen, trekt hij zich langzaam terug uit haar kutje, pakt haar bij haar middel en trekt haar mee op bed.

Ze kijken elkaar in de ogen, beide vertroebeld door de krachtige orgasmes die zojuist enkele seconden geleden door hun lichaam waren gegaan.

Een voldoening van wederzijdse kennis blijft in de kamer hangen terwijl de twee in elkaars armen in slaap vallen.

ONTEVREDEN

55

Het is een koele ochtend.

Ik moet naar mijn werk, maar ik heb geen zin om op te staan.

Terwijl ik hier lig, denk ik eraan om van je te houden.

Ik zie je ogen naar mij kijken, naar mij glimlachen.

Ik voel de warmte al in mijn kruis opbouwen.

Ik laat mijn hand zachtjes over mijn borsten glijden alsof je ogen hem volgen.

Mijn tepels reageren onmiddellijk en worden harder.

Ik til de borst op en zuig zachtjes een tepel in mijn mond.

Ik voel je lippen zich om de andere tepel sluiten en een diepe kreun ontsnapt aan mijn lippen.

Ik voel het sap terwijl het uit de binnenkant van mijn poesje naar beneden begint te glijden.

Ik beweeg mijn handen rond mijn buik en dan naar mijn buik, terwijl ik me voorstel dat je handen mij aanraken.

Langzaam laat ik mijn middelvinger in de nattigheid en warmte glijden.

Ik knijp in mijn vinger alsof je pik diep in mij begraven ligt.

Terwijl ik mijn vinger naar binnen en naar buiten schuif, beginnen mijn heupen in een cirkelvormige beweging te bewegen.

Ik voel dat mijn vinger meer wil van de sensatie die wordt gecreëerd.

De palm van mijn hand heeft het sap opgevangen dat nu uit mijn kutje komt.

Ik lik de zoete smaak van mijn handpalm en schuif mijn lange vinger in mijn mond, terwijl ik me voorstel dat het jouw heerlijke pik is.

Ik omring langzaam het topje van mijn vinger met mijn tong alsof het de eikel van je pik is.

Ik beweeg mijn tong langs mijn vinger en draai hem rond om elk stukje sap op te vangen.

Ik sluit mijn lippen stevig rond de basis van mijn vinger, schuif mijn mond naar de punt en begin met mijn tong rond de top van mijn vinger te bewegen.

Wat denk je dat je pik in mijn mond begraven ligt?

Ik zie hoe mijn hoofd op en neer beweegt en je diep in mijn keel zuigt terwijl mijn mondspieren werken.

Ik zuig aan je pik en je voelt mijn tong en mond aan je zuigen, net zoals ik het gevoel heb dat jij aan mijn tepels hebt gezogen.

Mijn tong beweegt overal , mijn natte lippen bewegen voortdurend met de behoefte om je harder, sneller en dieper te zuigen.

Ik ben erg opgewonden bij het idee om je in mij begraven te voelen.

Ik pak mijn vinger en schuif hem terug in mijn kutje, zorg ervoor dat hij doorweekt is.

Ik haal mijn vinger eruit en wrijf ermee over mijn spleet en dompel hem er weer in voor meer vocht.

Deze keer wrijf ik ook over mijn strakke achterste gaatje.

Ik schuif langzaam een vinger naar binnen en het orgasme is onmiddellijk.

Ik zou graag willen dat je mij tegelijkertijd met je vingers en je pik neukt.

Ik hou van het idee om door jou te worden vervuld.

Ik rol op mijn buik en begin met beide handen aan mijn klitje te werken.

Ik beweeg mijn handen naar mijn buik en druk stevig op mijn lieve heuvel.

Ik neuk mezelf met mijn handen totdat ik voel dat het gevoel begint.

Het gevoel begint diep van binnen en zorgt ervoor dat ik balde terwijl ik weer klaarkwam.

Ik beweeg mijn heupen sneller, mijn voeten krullen omhoog van de behoefte om van binnen te exploderen terwijl ik mezelf vinger.

Een lange, diepe, keelachtige kreun ontsnapt terwijl ik volledig climax en explodeer.

Uitgeput ga ik op mijn rug liggen, denk na over wat ik zojuist heb meegemaakt en merk dat ik weer opgewonden ben.

Ik blijf mezelf afvragen: "Wat is deze spreuk die je over mij hebt"?

Geen enkele man heeft mij zo opgewonden als jij.

Ik zie je in mijn gedachten, de liefdevolle en sexy man die je bent.

Ik voel je zachte, zoete lippen op de mijne.

De manier waarop je zijdezachte tong mijn lippen omlijnt en de zachte beet van je tanden.

De manier waarop je tong diep in mijn mond glijdt en proeft hoe hongerig ik naar je ben.

De manier waarop jouw tong de mijne omringt en de zoete uitwisseling van jouw speeksel zich vermengt met de mijne.

Ik kan je warme mond voelen terwijl hij naar mijn oor beweegt en de warmte van het puntje van je tong terwijl hij naar binnen schiet.

Het zachte gefluister van mijn naam brengt een stroom sperma rechtstreeks in mijn zoete poesje en je mond beweegt naar mijn harde, stijve tepels.

Langzaam cirkelt je tong rond mijn linkertepel en blaas je zo zachtjes.

Je sluit je mond over mijn reactieve hardheid en ik kreun.

Mijn rechterhand begint over mijn tepels te glijden en ik til de linkerborst naar mijn mond om zachtjes op de tepel te zuigen, waarbij ik imiteer hoe jouw mond zou aanvoelen.

Langzaam glijden mijn vingers over mijn ribben richting mijn buik en de lange, dunne vingers van mijn hand bereiken mijn lieve clitoris.

Zachtjes strijken de punten tegen de knop en mijn middelvinger glijdt naar binnen, naar de eerste knokkel, om het vocht te voelen dat zich daar heeft verzameld.

Ik schuif mijn vinger diep om je sperma vrij te laten en het honingsap op te vangen in de palm van mijn hand.

Ik lik het sap uit mijn handpalm en geniet van de smaak en geur van seks.

Ik schuif mijn middelvinger, tot aan de eerste knokkel, in mijn mond en stel me voor dat het de eikel van je pik is.

Langzaam draait mijn tong rond, opnieuw proef ik het sap en ik weet dat het jouw voorvocht is dat ik op mijn tong proef.

Mijn hete, natte mond glijdt over mijn vinger, alsof het jouw hete, gezwollen lid is.

Mijn mond sluit zich volledig en glijdt omhoog naar de punt terwijl mijn strakke mond alleen de denkbeeldige kop van je zijdezachte pik zuigt.

Terwijl ik het tempo opvoer van het neuken van mijn vinger in mijn mond, kan ik bijna de spanning in je ballen voelen terwijl het sperma begint te stijgen.

Bij deze gedachte voel ik het vocht uit mijn poesje glijden en ik weet dat ik mezelf moet neuken.

Ik rol snel op mijn buik en mijn handen reiken naar mijn kutje.

Ik druk ze hard tegen mijn heuvel, waarbij de kussentjes van mijn vingers mijn clitoris vinden.

Mijn heupen beginnen langzaam rond te draaien, rond en rond terwijl mijn voet- en beenspieren beginnen te spannen en mijn vingers mijn lieve poesje bewerken.

Ik zie je van achteren binnenkomen en ik stel me je pik voor, doordrenkt van mijn sappen en glinsterend van de nattigheid terwijl hij in en uit mijn kutje glijdt.

Oh, verdomme, ik ben zo verdomd opgewonden als mijn vingers en handpalmen hard drukken... zo hard als ze kunnen terwijl ik klaarkom.

Mijn voeten en benen zijn op elkaar geklemd, mijn lichaam beeft van de intensiteit.

Ik draai me op mijn rug en stel me je lieve, kloppende lul in mijn zaaddorstige poesje voor.

Mijn kutspieren blijven zich samenklemmen alsof ze het sperma uit je pik zuigen.

En ja, ik kan die hete tong van je bijna voelen terwijl hij door mijn spleet glijdt.

Je mond sluit zich over de lippen van mijn kutje en de snelle beweging van je tong zorgt ervoor dat ik in je mond klaarkom.

En jij staat op, gaat schrijlings op mijn lichaam zitten en schuift je met zaad doordrenkte pik in mijn mond.

Ik geniet van de smaak van onze gemengde sappen terwijl ik schoon zuig en lik.

Ik laat me op bed vallen, terwijl mijn lichaam nog steeds trilt en tintelt.

Wat een heerlijk gevoel laat je mij bij je voelen.

EINDE

61

Don't miss out!

Visit the website below and you can sign up to receive emails whenever Erika Sanders publishes a new book. There's no charge and no obligation.

https://books2read.com/r/B-A-IGGS-DPROC

BOOKS 2 READ

Connecting independent readers to independent writers.

www.ingramcontent.com/pod-product-compliance
Lightning Source LLC
Chambersburg PA
CBHW051828130726
47987CB00003B/1445